Jacou d'Acadie

Histoire

Nous remercions le ministère du Patrimoine canadien,
la SODEC et le Conseil des Arts du Canada
de l'aide accordée à notre programme de publication.

Patrimoine Canadian
canadien Heritage

Le Conseil des Arts | The Canada Council
DU CANADA | FOR THE ARTS
DEPUIS 1957 | SINCE 1957

ainsi que le Gouvernement du Québec
- Programme de crédit d'impôt
pour l'édition de livres
- Gestion SODEC.

**Illustration de la couverture
et illustrations intérieures:
Daniela Zékina**

**Graphisme et
édition électronique:
Conception Grafikar**

DANGER
LE
PHOTOCOPILLAGE
TUE LE LIVRE

Dépôt légal: 2ᵉ trimestre 2003
Bibliothèque nationale du Canada
Bibliothèque nationale du Québec

123456789 IML 09876543

Copyright © Ottawa, Canada, 2001
Éditions Pierre Tisseyre
ISBN 2-89051-846-9
11077

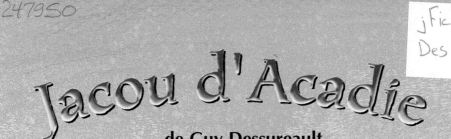

Jacou d'Acadie

de Guy Dessureault
illustré par Daniela Zékina

**ÉDITIONS
PIERRE TISSEYRE**

5757, rue Cypihot, Saint-Laurent (Québec) H4S 1R3
Téléphone : (514) 334-2690 - Télécopieur : (514) 334-8395
Courriel : ed.tisseyre@erpi.com

DU MÊME AUTEUR
AUX ÉDITIONS PIERRE TISSEYRE

Collection Papillon
Cigale, corbeau, fourmi et compagnie - 30 fables, contes, 2002

Collection Conquêtes
Lettre de Chine, roman, 1997
(finaliste au Prix du Gouverneur général 1998;
Palmarès de la livromanie 1999-2000 de Communication-Jeunesse)
Traduction italienne, 1999
L'homme au chat, roman 1999
(Sélection Communication-Jeunesse 2000-2001)
Poney, roman, 2000
(finaliste au Prix du Gouverneur général 2000;
Sélection Communication-Jeunesse 2000-2001)
Les caves de Burton Hills, roman 2002

CHEZ D'AUTRES ÉDITEURS
La maitresse d'école, Les Quinzes, Montréal, 1985

Données de catalogage avant publication (Canada)

Dessureault, Guy
      Jacou d'Acadie
      (Collection Safari/Histoire : 5)
      Pour enfants de 7 ans et plus.
      ISBN 2-89051-846-9
      I. Zékina, Daniela. II. Titre. III. Collection.

PS8557.E876J32 2003   jC843'.54   C2003-940218-5
PS9557.E867J32 2003
PZ23.D47Ja 2003

À ma filleule Marie-Ève

G.D.

À Nicky et Alex

D.Z.

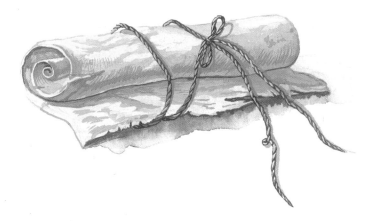

Safari : voyage ayant pour but de découvrir et de respecter la flore, la faune et les habitants d'un pays éloigné, dans le temps ou dans l'espace.

La convocation

1

Dans la région des Mines, personne n'a oublié la nuit où Jacou est né. Un orage interminable avait tenu tout le monde en alerte. Les meules de foin s'étaient dispersées au vent, et la mer avait brisé des digues. Il avait fallu des semaines pour qu'on répare les dégâts.

Les parents de Jacou ne lui ont encore rien offert pour son dixième anniversaire : ils sont trop occupés par l'abondante moisson de cette année. Ils le feront seulement une fois que son père et lui seront revenus de l'église de Grand-Pré, où toutes les personnes de sexe masculin ont été convoquées. D'ici là, les femmes rentreront seules le blé. Sous l'œil dépité du chien Mousquet, qui aurait bien aimé accompagner son jeune maître au village.

En chemin, Jacou harcèle son père :

— Est-ce que c'est lourd ? Utile ? Un jouet ? Une pièce d'or, comme celle que vous avez donnée à ma sœur Gabrielle, le printemps dernier ?

Le père sourit en regardant tristement les fermes le long de l'étroite route de terre.

— Tu peux toujours t'exciter, mon garçon, tu ne sauras rien avant notre retour. Elles seraient bien fâchées, à la maison, si je ne tenais pas ma langue jusqu'au souper.

Sa langue, Jacou est sûr que son père la tient pour une autre raison. Quelque chose de plus sérieux. Avançant au même pas que le sien, il l'observe se retourner de temps en temps. Comme s'il regrettait de voir leur maison s'éloigner derrière eux. Son air chagrin ne le quitte plus depuis la convocation :

Obligation est faite aux hommes et aux garçons de dix ans et plus de Grand-Pré, de Rivière-des-Mines, de Rivière-aux-Canards et des alentours de se trouver à l'église de Grand-Pré le vendredi 5 septembre 1755, à trois heures de l'après-midi. Les absents perront leurs biens confisqués.

Quelques mois auparavant, des soldats ont confisqué leurs fusils aux fermiers; d'autres ont pris leurs barques.

Des voisins les rejoignent sur la route. Le père Doucet soupçonne les Anglais de préparer un mauvais coup.

— Même nos prêtres, ils s'en sont emparés!

— Pourquoi ils ont emmené le curé, père? demande Jacou.

— Je l'ignore, mon gars. On nous le dira peut-être à l'église. Il sera question de nos terres. Le gouverneur Lawrence a menacé de nous les prendre si nous refusons encore de prêter serment au roi d'Angleterre.

Jacou connaît les peines qu'ont coûtées aux Acadiens des Mines les champs arrachés à la mer, les vergers des terres en pente, les jardins remplis de bons légumes que sa mère rend si appétissants sur la table. Il sait aussi que jamais les « Cadiens », comme ils s'appellent entre eux, ne prêteront le serment qui les obligerait à se battre au côté des Anglais, advenant une guerre avec la France.

Derrière eux marchent d'autres fermiers. Plus lentement.

À cause du grand-père qui n'a pas quitté sa maison depuis belle lurette. Un cavalier les rejoint au galop et les frôle les uns après les autres.

À l'entrée du village, Jacou n'aperçoit que le clocher de l'église Saint-Charles. La place du gros saule est cachée par un rempart de pieux. Des soldats font le guet devant les portes ouvertes de la nouvelle palissade. C'est donc pour cela qu'on ne vient plus à l'église! Les sentinelles leur font signe de hâter le pas.

À l'intérieur de l'enceinte s'affairent d'autres soldats vêtus d'une tunique rouge. Ils ont établi leur camp en bordure du cimetière. Le cavalier qui les a écartés du chemin a abandonné son cheval à la porte du presbytère où le lieutenant-colonel Winslow, son chef, a élu domicile.

Trois heures approchent. Dans le pré derrière l'église, des moutons arrachent les brindilles de foin oubliées par les faux. Un ciel clair colore vivement la baie. Amarrés au large, trois navires de la marine anglaise attendent. La mer est calme, mais une tempête se prépare. Un désastre pire que celui qui a marqué la naissance de Jacou, dix ans plus tôt.

2

L'église de Grand-Pré

— *Quick! Quick! Get in the church! Hurry up*[1]*!* s'impatientent les sentinelles postées à la barrière.

Jacou ne comprend pas leur langue. Son père pose une main sur son épaule. Il faut dire que les deux rangs d'habits rouges qui les encadrent jusqu'aux portes de l'église ont de quoi impressionner. Beaucoup d'habitants du village se trouvent déjà à l'intérieur. On entend leurs voix.

Jacou se laisse guider par son père vers les bancs alignés contre le mur. C'est la première fois qu'il remet les pieds dans la petite église depuis qu'elle a été convertie en caserne. Les bonnes odeurs d'encens et de cire chaude ont disparu.

1. Vite ! Vite ! Entrez dans l'église ! Dépêchez-vous !

Au-dessus de l'autel, les statues sont recouvertes de voiles sombres, comme lors du carême. Une table a été dressée au centre de la nef.

Tout à coup, les voix faiblissent. On ferme les portes. Le visage des hommes s'est assombri. Un silence tendu succède au claquement de bottes des officiers qui se sont placés derrière la table.

Jacou reconnaît le plus corpulent d'entre eux : il passe souvent à cheval devant la ferme. C'est le lieutenant-colonel Winslow, le commandant des troupes. Il déroule son parchemin et prend la parole. Quelqu'un traduit en français à mesure qu'il lit.

L'assemblée écoute gravement ; même le grand Bellefontaine a cessé d'envoyer la main à Jacou. L'officier annonce qu'ils vont être déportés « dans d'autres parties du monde » et que leurs terres, dès lors, ne leur appartiennent plus.

Une vague de murmures rompt le silence. Le commandant n'en poursuit pas moins sa lecture. À la fin, les commentaires explosent. Au milieu du brouhaha, un homme derrière Jacou soupire d'une voix brisée par l'émotion :

— Le gouverneur nous chasse du pays. Nous sommes ses prisonniers.

Le garçon lit le découragement sur les traits de son père d'habitude si confiant. Voilà ce qui explique sa tristesse depuis la fameuse convocation. Lui ne se sent pas triste, mais en colère.

Prisonniers dans l'église! Cela veut dire qu'ils ne reviendront pas à la maison. La gorge serrée, des pères s'accrochent à un espoir. On veut les apeurer, sans doute. Certains se rebiffent: on n'a pas le droit de les dépouiller du sol qu'ils ont enrichi de leur sueur, à l'exemple des anciens. Tous sont atterrés par le drame qui s'abat sur eux.

Pendant plusieurs jours, les hommes restent enfermés dans l'église de Grand-Pré. La plupart semblent résignés à leur sort.

— Pourquoi? s'insurge Jacou.

— Contre des centaines de soldats, qu'est-ce qu'on peut faire? lui oppose son père, regrettant d'être venu au village.

Durant la journée, ils sont autorisés à prendre le frais et à se dégourdir les jambes dans les limites de la palissade. Les femmes, les jeunes filles et les enfants leur apportent de quoi manger et boire. C'est là que, chaque jour, Jacou peut parler à sa mère et à ses sœurs. Elles ne pleurent pas. Tout va rentrer dans l'ordre, a promis son père. Jacou, lui, a failli sangloter une fois, quand sa sœur Gabrielle lui a remis une couverture de laine. Mais il a frotté le poil de Mousquet si vigoureusement que l'envie lui est partie.

En rentrant dans l'église, ce soir-là, son père lui dit :

— Je ne sais pas combien de nuits nous passerons encore ici ni quand nous reverrons notre maison. Je suis sûr que ta mère ne m'en voudra pas si je te donne ceci en son absence.

Il retire quelque chose de la poche de sa vareuse. Jacou ne distingue pas tout de suite l'objet, vu les rares lanternes allumées.

— Un couteau ?

Actionnée par son père, la lame cesse de briller pour disparaître dans le manche.

— Un couteau pliant ! s'émerveille le garçon.

Sur le banc d'à côté, Bellefontaine reste bouche bée.

— Comme ça, tu peux le porter sur toi sans danger. Tu es grand, maintenant, tu m'aides bien à la ferme, tu le mérites.

Jacou cherche autour de lui un bout de bois, pour étrenner le canif fabriqué par son père. Mais, dans une église, même transformée en caserne, les branches se font rares. Il n'est pas question de taillader les bancs ni de prélever un éclat du plancher. L'église demeure un lieu sacré ; pour lui, en tout cas, sinon pour les soldats protestants.

3

L'embarquement

— *Speed it up! Let's go, let's hurry!*

Les prisonniers ont à peine le temps d'avaler leur pain qu'on les pousse vers la cour. Dehors, un piquet de soldats les encercle aussitôt. Les officiers se démarquent, devant le mur de l'église. Winslow est là, flanqué de ses subalternes. Il supervise le rassemblement d'un œil autoritaire.

— Père, regardez, les bateaux!

Le père de Jacou n'a pas manqué de noter les nouveaux vaisseaux en rade dans la baie. Cinq se sont ajoutés aux navires de guerre.

2. Hâtez-vous! Allons, pressons!

Par la bouche d'un interprète, le lieutenant-colonel ordonne aux plus jeunes hommes de se ranger à l'écart. Jacou se tourne vers son père qui lui fait signe d'obéir. Hésitants, les gars se détachent du groupe. Un officier à cheval les presse en hurlant de se diriger vers les chaloupes sur la grève. Le fils Bellefontaine défie l'officier en s'écriant :

— Pas sans nos pères !

Les autres l'imitent.

Piqué au vif, les joues enflammées, le lieutenant-colonel vient lui-même au nez du frondeur lui ordonner de marcher.

Ses soldats s'avancent vers les garçons, baïonnette au canon.

— Obéis, Jacou! l'exhorte son père. Nous nous rejoindrons au bateau. Ils ont promis de ne pas nous séparer.

En colonne, les jeunes s'ébranlent lentement vers la grève. Les mères guettent leur passage le long du chemin. Elles implorent les gardiens de libérer leurs enfants, à qui elles tendent à bout de bras des provisions. La mère de Jacou lui lance la chaînette avec la croix qu'elle a détachée de son cou. De nouveau, les baïonnettes pointent. Jacou sent ses jambes ramollir. Sa mère a beau essayer de sourire, la détresse ne s'efface pas de son visage. Il serre son couteau dans sa poche en se souvenant des paroles de son père: «Tu es grand, maintenant!» Ce n'est pas le moment de flancher, même sous les cris et les lamentations.

Les captifs descendent jusqu'à la rive en chantant des cantiques. Nul ne peut les approcher, sauf Mousquet. Il se frotte contre son maître, content de sentir sa chaleur. Au bord de l'eau, un soldat empêche le chien de sauter dans la chaloupe et l'éloigne sans ménagement avec la crosse de son fusil. De loin, les femmes s'efforcent de reconnaître ceux qui montent dans les barques et que trient au hasard des officiers nerveux.

C'est bientôt aux hommes d'emprunter le même sentier. Un sentiment mêlé d'effroi et de joie anime le père de Jacou. Il redoute le départ ; mais, au moins, il va retrouver son fils. Le cœur serré, il envoie la main à sa femme et à ses filles qui attendent désespérément son passage en bordure du chemin.

Une prison flottante

4

Les bateaux sont toujours amarrés dans la baie. Les nuits sont froides. La goélette sur laquelle Jacou et son père sont prisonniers sert d'habitude au transport des harengs et des morues. Pas étonnant que la cale empeste le poisson pourri! Il n'y a pas de hublot. Seule une écoutille permet à l'air d'entrer. Jacou se dégourdit les mains en sculptant avec son canif des petits animaux dans une poutre de bois. Heureusement qu'on leur permet à tour de rôle de monter sur le pont. De là-haut, Jacou peut contempler la côte. Ses courses dans la prairie, quand il allait chercher les moutons, lui manquent. La mer est bien plus belle, vue des digues. Qu'elles sont jolies, les maisons, avec leur four à pain tout à côté et leur cheminée de pierre excédant les toits de bardeaux et de paille! Jacou croit entendre Mousquet, certains soirs, quand le vent se calme et que la vague ne frappe pas trop fort la coque du bateau.

Près de lui, son père discute avec les autres hommes. Ils se partagent ce qu'il leur reste de tabac en même temps que les rares nouvelles qui leur parviennent. Leurs inquiétudes, aussi.

— Qui va s'occuper de nos bêtes?

— Ils ont capturé un de ceux qui se sont échappés de l'autre bateau. Il paraît qu'ils l'ont ramené à sa ferme et qu'ils ont brûlé sa maison devant ses yeux.

Jacou voudrait tenter quelque chose, mais quoi? Quand bien même il saurait nager, la rive est loin, même à marée basse, et l'automne a refroidi l'eau de la baie! De toute façon, les soldats auraient tôt fait de le rembarquer.

Plusieurs autres navires sont arrivés.

— Tu sais où on s'en va? demande Jacou à Bellefontaine, qui tire depuis des jours le même air triste de sa guimbarde.

— Non, mais j'ai hâte qu'on ait de quoi se nourrir pour de vrai. J'ai une de ces faims! Bientôt, on n'aura plus que les rats à manger. J'en ai vu un long comme ça, montre-t-il en ouvrant exagérément les bras.

Un matin, c'est le branle-bas sur la grève : on embarque le reste des familles. Un enfant dans un bras, un autre à leurs jupes, des femmes se faufilent autour des tombereaux qui encombrent la plage, chargés de meubles et de coffres. Elles se sont donné du mal pour rien puisqu'il n'y a pas de place sur les bateaux pour tout cela. Pour être sûres de rester ensemble et de retrouver leur mari, elles acceptent sans regimber d'abandonner leurs biens et entraînent les enfants dans les chaloupes.

— Mon mari s'appelle Hébert, crie l'une.

— Le mien, c'est Granger...

Les soldats ignorent qui est qui et dans quel bateau chaque mari, chaque fils est embarqué.

— Vous reverrez eux plus tard, *later, you understand*[3] ? baragouine l'un d'eux.

Elles ne comprennent pas. Encore moins les enfants qui se laissent trimbaler, les yeux hagards.

Dans la chaloupe qui s'approche de leur bateau, Jacou ne voit ni sa mère ni ses sœurs. Bellefontaine est plus heureux : sa mère grimpe à bord, aidée par un rameur. Le père de Jacou cherche sa femme et ses filles dans les barques qui s'éloignent.

— Où sont-elles ? demande Jacou, bouleversé.

___
3. Vous les reverrez plus tard, plus tard, vous comprenez ?

Le désespoir embrouille ses yeux. Cette fois, il ne peut s'en empêcher : il pleure pour de bon.

Désemparé, son père scrute la baie.

On les retrouvera là-bas.

— Où ça, là-bas ?

Il n'en sait rien.

La goélette se remplit de nouveaux prisonniers. Les femmes d'un côté, les hommes de l'autre, la cale aux harengs devient vite surpeuplée. Les femmes ont apporté des vêtements chauds, des couvertures, du pain, des biscuits. Jacou a hérité du tricot qu'une épouse destinait à son mari introuvable.

Le grand départ

Une brise glaciale vient fouetter les occupants de la cale.

— Mousquet!

Réveillé en sursaut, Jacou croit entendre les aboiements de son chien. Mais ce ne sont que des éclats de voix et les voiles qui claquent. Il s'étire le cou et jette un coup d'œil par l'écoutille. Le ciel bouge au-dessus du grand mât: la goélette a levé l'ancre. Une fois sur le pont, le garçon regarde la côte défiler. Des colonnes de fumée montent çà et là dans la plaine et sur les coteaux.

Des maisons, des bâtiments de ferme flambent. On dirait que toute l'Acadie est en feu. Jacou se morfond à l'idée que Mousquet est resté là, tout seul.

La voix rauque et amère du père Doucet ajoute à sa peine :

— Ils brûlent tout, même les églises. Comme ça, ils sont sûrs que nous ne reviendrons pas !

Son fils, le marin, parle un peu l'anglais. Il a entendu un membre de l'équipage raconter que des familles de Tintamare se cachaient dans les bois, ainsi que des gens de Petitcoudiac, de Cobequid...

— On aurait dû prendre le bois comme eux, laisse tomber le père de Jacou. J'aimerais mieux grelotter dans nos forêts, me nourrir de racines, me vêtir de peaux de bêtes, commes les Micmacs, que d'imaginer ma pauvre femme et mes filles dans la cale d'un de ces bateaux.

Les vaisseaux tracent un immense triangle sur la mer. Jacou en compte cinq, mais il y en a plus. Lequel emporte sa mère et ses sœurs ? Il caresse la petite croix dans son cou. La fragile chaînette le réchauffe autant que la couverture jetée sur ses épaules par la mère de Bellefontaine.

Le vent secoue les voiles violemment. Les prisonniers doivent regagner la cale où les gémisse-ments des malades se mêlent aux cris des enfants affamés. Plus que l'incessant roulis, la nouvelle communiquée par le fils Doucet tourne le cœur des gens des Mines : on les conduit dans les colonies anglaises et non ailleurs en Nouvelle-France, comme ils l'espéraient.

Poussés par le vent fort, les bateaux quittent le bassin des Mines.

Dans le fond de la baie Française, ils rejoignent d'autres navires chargés de milliers de déportés de Beaubassin, de Pigiguit, de Port-Royal. Une flotte entière vogue vers le sud.

Droit devant, le ciel gris se fendille d'éclairs. Les voiles sont amenées, l'écoutille fermée. L'océan se creuse. Des montagnes écumantes se dressent entre les bateaux. Au fond de la goélette, les lanternes vacillent comme des grelots de cloches et plusieurs s'éteignent. Jacou a peur de vomir à cause des nausées. L'armature du bateau craque de partout. La tempête jette les passagers les uns contre les autres.

— De l'eau, crie une voix à l'avant.

— Il a raison, confirme celui qui s'est saisi d'une lanterne encore allumée. De l'eau s'infiltre entre les planches de la coque !

C'est l'affolement. Le grand Boudrot fonce vers la trappe de l'écoutille. On l'a verrouillée du dehors. Il cogne et cogne dessus avec ses poings. Mais la tempête étouffe ses coups ; personne n'entend au-dessus. Des hommes se dépêchent de lui prêter main-forte. Sans succès. La rigole

s'élargit sur le plancher. Chacun s'empresse de poser ses affaires à l'abri. On s'accommode au mieux en rognant sur l'espace déjà rare.

Par bonheur, la bourrasque décline. L'écoutille finit par se rouvrir. Averti par Boudrot, un marin descend examiner la coque et remonte en vitesse. Peu après, d'autres matelots font irruption et distribuent des seaux. Une chaîne humaine se forme pour écoper l'eau qui se répand dans la cale. Les plus jeunes sont envoyés sur le pont.

Endommagés par la tempête, quelques navires se suivent à courte distance pour faire escale. On étend les malades sur le pont de la goélette et, après une prière, les morts sont jetés à la mer. Les gens sont sales, leurs vêtements sentent mauvais. Tout le monde n'a qu'une envie : apercevoir la côte.

6
Une escale obligée

Quelques jours plus tard, la goélette a jeté l'ancre en face d'une grande ville. De tous côtés, les chaloupes font la navette entre les navires et les quais jonchés de ballots, de barils, de charettes.

— On est en Nouvelle-Angleterre, annonce le fils Doucet. C'est Boston. J'y suis déjà venu.

Jacou n'a jamais vu de ville. Boston lui paraît énorme. Au-delà des quais se profilent des maisons de deux, de trois étages même, en pierres, en briques, en bois, avec des rangées de fenêtres, des colonnes. La rue du port est pavée. Une calèche tirée par quatre chevaux s'éloigne en trombe.

— Ils nous détestent, ici, continue Doucet. Les papistes, qu'ils nous appellent.

Leur bateau ne pouvant reprendre la mer avant un certain temps, ils restent là, à ignorer ce qu'on va faire d'eux. À bord, les vivres et l'eau se gâtent. Ils n'ont rien pour se chauffer, en plein mois de novembre. Les malades se multiplient.

Deux hommes sont montés à bord, vêtus d'habits comme Jacou n'en a jamais vu. Le plus âgé examine les malades un à un, pour s'assurer qu'ils n'ont pas contracté de maladie contagieuse. L'autre, coiffé d'un chapeau de fourrure, s'arrête devant la poutre où Jacou a sculpté ses animaux.

— Qui a fait cela ? s'enquiert-il en français.

Personne n'ose répondre de peur qu'il s'en prenne au garçon. L'homme glisse les doigts sur les sculptures.

— Intéressants, ces animaux !

— C'est moi, déclare Jacou, décidé à assumer les conséquences de son aveu.

— Avec quoi as-tu fait ça ?

Jacou se tait. S'il lui confisquait son canif! L'homme sourit et le félicite avant de rejoindre son compagnon :

— Du beau travail, vraiment!

Le lendemain, on les fait descendre à terre, son père, lui et la moitié des passagers. Le gouverneur du Massachusetts accepte de les garder, mais ils seront éparpillés dans la colonie et n'y jouiront d'aucun droit. À eux de se débrouiller là où on les enverra.

Les bateaux reprennent le large avec leur malheureuse cargaison humaine, sans que Jacou n'ait pu savoir s'ils emportaient dans leur cale sa mère et ses sœurs. Heureusement que son père est là! Sa présence, toutefois, ne suffit pas à chasser son tourment. Pourvu qu'elles n'aient pas sombré dans la tempête!

7

Jacou, apprenti

Pas très loin de Boston, Jacou, son père et la famille Bellefontaine habitent la même grange délabrée. Il ne leur est pas permis de se chauffer, de peur que le bâtiment prenne feu. C'est à peine s'ils sont nourris pour le bois qu'ils fendent, transportent et cordent à longueur de journée.

Le premier de l'an, deux soldats viennent chercher le fils Bellefontaine pour le placer comme apprenti chez un forgeron de Salem. Au Massachusetts, on n'hésite pas à éloigner les enfants de leurs parents afin qu'ils oublient plus rapidement leur langue et leur religion au contact de familles anglaises. Peu après, Jacou est aussi arraché à son père, non sans qu'il se débatte à coups de pied contre les soldats. Au village où on le traîne, il reconnaît l'interprète au chapeau de fourrure qui accompagnait le médecin à bord de la goélette. Les soldats l'appellent Mister John. Celui-ci l'emmène avec lui à Boston, où il fabrique des enseignes. En admirant ses animaux sur la poutre du bateau, il a compris que Jacou lui serait utile dans son atelier.

Les deux pères ont beau se plaindre au gouverneur de la colonie, mettre tout leur cœur dans leur lettre, ce dernier ne répond pas à leurs supplications. Tout l'hiver, le père de Jacou franchit à pied les dix kilomètres qui le séparent de Boston pour voir son fils. Sa santé se détériore; Jacou le constate à chacune de ses visites. Son père s'inquiète, même s'il sait que son garçon, lui, ne souffre plus de la faim ni du froid.

Mr. John lui a acheté un superbe habit qu'il porte le dimanche. Il apprend à sculpter des panneaux de bois avec des ciseaux affûtés comme des rasoirs, à les peindre aussi. L'artisan lui confie la fabrication des couleurs: Jacou moud la pierre, mélange la poudre avec l'huile, enferme la pâte dans des vessies pour l'empêcher de sécher quand Mr. John va chez des clients peindre leur portrait. Car, en plus de sculpter des enseignes, il est peintre.

Le dimanche, il accompagne son maître au temple pour écouter le sermon du pasteur... en anglais. On ne communie pas à la *meetinghouse,* la maison où s'assemblent les protestants pour prier. Il n'y a pas de statues, comme à l'église de Grand-Pré, ni de la Vierge ni des saints. Pendant les chants, Jacou pense souvent à sa mère et à ses sœurs. Surtout depuis que son père n'a plus le droit de venir en ville. Un vol a-t-il lieu, un incendie se déclare-t-il, que les Acadiens déportés sont les premiers soupçonnés. On leur a interdit de circuler librement dans la colonie, sous peine d'être fouettés en public.

Un bel après-midi de mai, Jacou entend une

musique familière. Sous la fenêtre ouverte de son atelier, il aperçoit un ramoneur qui joue de la guimbarde appuyé contre son tombereau. Il n'aurait jamais reconnu le visage barbouillé de suie de Bellefontaine si celui-ci n'avait joué sur son instrument la mélodie qu'il affectionnait tant sur la goélette.

Il court à sa rencontre. Les deux garçons se donnent une chaude accolade.

— Je te croyais chez un forgeron, loin d'ici !

— Je me suis sauvé. Il me privait de gages et me battait.

Contents de se retrouver, ils se racontent leurs derniers mois. Bellefontaine envie le sort de Jacou. Ce n'est pas par hasard qu'il s'est arrêté sous sa fenêtre.

— Je savais que tu vivais ici, lui révèle-t-il. Je viens de la part de ton père. Dans deux jours, nous passerons te chercher pour fuir au Canada, à travers la forêt.

— Au Canada !

Entendre le nom de son père le remplit de joie... bien que la pensée de quitter Mr. John le chagrine. Il est gentil avec lui et lui apprend telle- ment de choses ! Même qu'il lui a promis un chien, pour lui faire oublier Mousquet.

8

Le retour

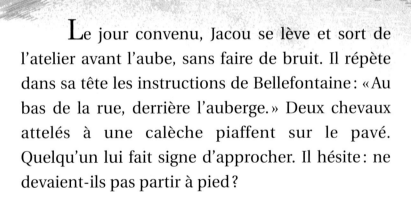

Le jour convenu, Jacou se lève et sort de l'atelier avant l'aube, sans faire de bruit. Il répète dans sa tête les instructions de Bellefontaine : «Au bas de la rue, derrière l'auberge.» Deux chevaux attelés à une calèche piaffent sur le pavé. Quelqu'un lui fait signe d'approcher. Il hésite : ne devaient-ils pas partir à pied ?

Soudain, il reconnaît Mr. John, puis Bellefontaine avec le cocher.

— Allez, amène-toi, Jacou ! chuchote fébrilement son ami.

Jacou presse le pas, non sans s'interroger. Mr. John lui explique qu'il a surpris leur conversation et qu'il a décidé de les aider.

— Sans moi, vous aurez du mal à traverser le Massachusetts. Vous connaissez le sort des vôtres s'ils s'éloignent du lieu où ils sont assignés! Je me sépare de toi avec beaucoup de peine, Jacou, mais j'en ai davantage à voir ton peuple si malheureux. Je devais me rendre à Albany, dans la colonie voisine, pour peindre le portrait de Mr. Williams. Nous allons prendre ton père, les parents de ce jeune homme et nous irons tous ensemble. Nous serons un peu à l'étroit, mais vous avez connu pire. D'Albany, il vous sera plus facile d'atteindre le Canada. Il faut faire vite: les frontières sont dangereuses, à cause des combats avec les Français.

Une semaine plus tard, dans le fort d'Albany, Jacou, son père et les Bellefontaine se séparent à regret de Mr. John. Deux Indiens mohawks ont accepté de les ramener avec eux à Kahnawake, après qu'ils auront vendu leurs peaux de castors. Mr. John les connaît depuis longtemps. Il a tout arrangé avec eux. Le père de Jacou ne sait comment lui témoigner sa gratitude. Jacou lui jure qu'ils se reverront.

La petite troupe remonte en canot le fleuve Hudson. Après quelques jours d'aviron, elle pique à travers bois. Traverser les forêts jusqu'au lac Champlain en longeant les hautes montagnes s'avère épuisant. Le lard, les pois et le maïs diminuent à vue d'œil. La réserve de thé aussi. Heureusement, leurs compagnons indiens savent attraper l'écureuil et le dindon sauvage. Ils doivent se méfier quand ils trouvent des braises encore fumantes : l'ennemi n'est jamais loin. Mais ce danger n'effraie pas tant Jacou que les serpents à sonnette et le fracas que font les arbres en tombant tout seuls, la nuit, quand il s'efforce de dormir sous les branches d'un sapin.

Durant des semaines, il leur faut enjamber des troncs d'arbres qui entravent les sentiers, s'érafler la peau dans les fourrés, patauger dans des rivières glacées. Plus le temps se réchauffe, plus ils sont assaillis par les moustiques. Même si, sur les conseils de leurs guides, ils se sont enduit la peau de graisse d'ours. Les vêtements déchirés par les broussailles, détrempés par la pluie, ils arrivent enfin devant la palissade de Kahnawake, à courte distance de Montréal.

9

Gabrielle

À Montréal, la famine sévit. Tout coûte cher. Les mendiants rôdent dans les rues. Un mission-naire de Kahnawake a confié Jacou et les siens à mère d'Youville, la supérieure de l'Hôpital Général de Montréal. Elle les héberge le temps qu'ils se trouvent un toit et un travail susceptible d'assurer leur subsistance.

Chaque fois qu'il le peut, le père de Jacou parcourt la ville à la recherche d'indices qui lui permettraient de connaître le sort de sa femme et de ses filles. Quand il revient à l'hôpital, il sarcle les légumes du jardin avec Jacou et les Bellefontaine. Un jour, la supérieure lui demande d'accompagner au quai une bienfaitrice qui retourne chez elle, à Québec. Chemin faisant, celle-ci lui parle de l'engagée de sa mercière :

— Elle vient, elle aussi, de la région des Mines. Le bateau sur lequel on l'a embarquée l'automne dernier, avec sa mère et sa cadette, s'est échoué après une tempête. Avec d'autres survivants, des Indiens malécites les ont conduites jusqu'au fleuve Saint-Laurent, à travers bois. Sa mère se refuse à croire que son mari et son fils aient péri noyés.

Les Mines, le bateau, la tempête, une femme et ses filles, ce sont sûrement elles, se persuade le père de Jacou. S'il veut s'en assurer, la dame lui offre de profiter de sa barque jusqu'à Québec.

Avec la permission de mère d'Youville, il saute sur l'occasion. Au bout de trois jours, le cœur battant, Jacou et lui franchissent le seuil d'une boutique, au bas du cap Diamant. C'est bien leur Gabrielle qui s'élance vers eux, coiffée d'un bonnet semblable à celui qu'elle portait à Grand-Pré. Ils pleurent en s'embrassant. Elle se dépêche de les rassurer : sa mère et sa jeune sœur Catherine sont servantes chez un important bourgeois de la ville. Ils lui résument leur périple, la tempête, leur séparation en Nouvelle-Angleterre. Revenus un peu de leurs émotions, les trois prennent congé de la marchande.

Sans savoir où il va, Jacou devance les autres dans la rue où les entraîne Gabrielle. Son père leur promet qu'ils retourneront en Acadie quand la guerre entre l'Angleterre et la France sera finie. Le garçon court ; ils ont peine à le suivre. À un carrefour, il s'élance dans une côte pour mieux contempler les bateaux ancrés dans le fleuve ; puis il revient vers son père et sa sœur. Ensemble, ils débouchent bientôt sur une large place bordée de belles maisons en pierres. Sa mère et Catherine se trouvent dans l'une d'elles, ne cesse de penser Jacou. Dans quelques instants, ils seront réunis.

Gabrielle actionne l'énorme heurtoir au milieu d'une porte, tout en serrant la main de son père. Leur cœur bat à tout rompre. La porte s'ouvre. Un valet les accueille. Gabrielle lui

présente son père et son frère. Il les fait entrer dans la maison pendant qu'il va chercher la mère de Jacou et son autre sœur. La mère et la fille arrivent dans leurs belles robes de ville à demi cachées par un long tablier dentelé, sans se douter de la surprise qui les attend. À la vue de Jacou, elles courent vers lui. Tous s'étreignent fort, sous l'œil ému du maître des lieux venu partager leur joie.

Carnet
de route

NOUVEAU BRUNSWICK

Miscou
Caraquet
Nipisiguit
Tracadie

Moncton
Memramcouk
Peticoudiak
Chipoudy
Jemsec
Gapéreau
Baie Verte
Beauséjour
Beaubassin
Tatamigouche

JEAN

Fort
Latour
Chignectou
Rivière-aux-Canards
Bassin des Mines
Cobequid
Chébénacadi
Hâvre St-Pierre
Trois-Rivières

GRAND-PRÉE
Pigiguit
PORT-ROYAL
Chibouctou
Ile Pictou

Lunenbourg
Merliguèche
Pointe-de-l'Eglise
La Hève

Chedabouctou
Cobequid
Chébénacadie

NOUVELLE ECOSSE

L'ACADIE

vers 1750

0   20   40   80   120 km

56

Imagine !

Imagine que tu habites une belle ferme
au bord de la mer. Tu cours sur les digues qui protègent
les champs contre les marées ; avec ton chien, tu vas
chercher les moutons au pré quand vient l'heure de les
rassembler ; tu cueilles des pommes, des prunes, des
poires dans le verger. Puis, un jour que tu te rends à
l'église avec ton père et les hommes du village, des
soldats vous y enferment, et leur chef vous apprend
qu'il vous chasse de vos terres. Ton pays, c'est l'Acadie.
Tu vis en 1755, l'année où commence
la déportation des Acadiens.

Cette année-là, le gouverneur Charles Lawrence met
tout en œuvre pour vider l'Acadie de ses habitants.
Il les entasse pêle-mêle sur des bateaux, à destination
de régions éloignées. Des centaines de gens périront en
mer, à la suite d'une maladie ou d'un naufrage, alors
que d'autres fuiront dans les forêts, où plusieurs
mourront d'épuisement, de froid et de faim.
Bien des familles resteront à jamais désunies,
dispersées dans des pays, même des continents
différents. À force de courage, certaines reviendront en
Nouvelle-France pour bâtir une nouvelle Acadie.
C'est le rêve du père de Jacou. Avec Jacou, prépare-toi à
tout un voyage. Pour te guider, des nombres sont écrits
en marge du texte. Cherche ce nombre dans le carnet
de route et tu trouveras l'explication.

1. *Les Français venus s'installer en Acadie au dix-septième siècle habitent d'abord l'est de la Nouvelle-Écosse actuelle, le long de l'Atlantique. Puis ils se déplacent de l'autre côté, sur la baie Française (aujourd'hui la baie de Fundy) près de Port-Royal (Annapolis). Progressivement, ils cultivent les côtes de la baie. Parmi les belles terres qu'ils conquièrent sur la mer grâce à un ingénieux système de digues, on compte celles du bassin des Mines, à l'origine notamment du village de Grand-Pré.*

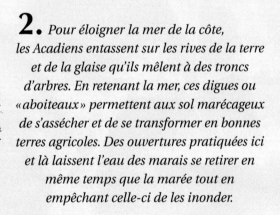

2. *Pour éloigner la mer de la côte, les Acadiens entassent sur les rives de la terre et de la glaise qu'ils mêlent à des troncs d'arbres. En retenant la mer, ces digues ou «aboiteaux» permettent aux sol marécageux de s'assécher et de se transformer en bonnes terres agricoles. Des ouvertures pratiquées ici et là laissent l'eau des marais se retirer en même temps que la marée tout en empêchant celle-ci de les inonder.*

3. *Comprise jusque-là dans la Nouvelle-France, l'Acadie passe à l'Angleterre en 1713. Les Acadiens doivent alors jurer fidélité au roi de ce pays. Cette exigence sera toujours un sujet de désaccord entre les Anglais et les*

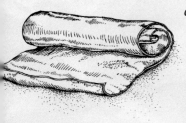

Acadiens profondément attachés à la France et à leur religion. S'ils se montrent disposés à prêter serment au roi d'Angleterre, c'est à la condition de ne jamais devoir se battre contre les Français. Cette condition, tolérée un temps par les Anglais, devient insupportable au gouverneur Lawrence lorsque la guerre est, encore une fois, sur le point d'éclater entre Français et Anglais, car il craint de voir les Acadiens s'allier aux Français. Pour éviter cela et aussi se saisir de leurs terres, il décide de les chasser du pays. Le gouverneur du Massachusetts, William Shirly, l'aidera à réaliser son plan.

4. Comme les catholiques, les protestants sont chrétiens. Par contre, ils ne partagent pas certaines de leurs croyances et pratiquent autrement leur religion. Ainsi, les pasteurs protestants ne célèbrent pas la messe et ne dispensent pas le sacrement du pardon. Dans la religion protestante, on ne prie pas la Vierge ni les saints. Surtout, les protestants refusent de se soumettre au pape et traitent les catholiques de «papistes» parce qu'ils le font. Les protestants condamnent les idées catholiques; les catholiques condamnent les idées protestantes. Ce qui crée bien des conflits entre les deux groupes.

5. *La guimbarde est un instrument de musique ancien et peu compliqué. Au Québec, on l'appelle souvent* bombarde. *Elle est faite d'une sorte de branche recourbée de chaque côté d'une tige flexible qu'on fait vibrer avec un doigt. Un bout de l'instrument étant retenu entre les dents, la bouche tient alors lieu de caisse de résonance.*

6. *Avant l'arrivée des Français, des peuples amérindiens vivent dans la péninsule acadienne : les Malécites, les Abénaquis et les Micmacs. En règle générale, les Acadiens s'entendent bien avec les Micmacs, dont le nom veut dire « mes amis-parents ». Ceux-ci habitent le territoire devenu, aujourd'hui, les provinces maritimes et la Gaspésie.*

7. *De 1755 à 1763, plus de 12 000 Acadiens, femmes, hommes, enfants, sont embarqués à bord de bateaux à destination surtout de l'Europe et des colonies anglaises d'Amérique du Nord : la Caroline du Nord, la Caroline du Sud, le Connecticut, la Géorgie, le Maryland, le Massachusetts, le New York, la Pennsylvanie, la Virginie... Loin de leur pays, ils connaissent des conditions de vie pénibles. Ceux qui ne meurent pas en route sont plutôt mal accueillis dans ces lieux où*

on les transporte de force. Il ne retrouveront
pas leurs biens, incendiés ou cédés à de
nouveaux propriétaires anglais.

8. *Le village iroquois de Kahnawake se*
situe à une dizaine de kilomètres au sud-
ouest de Montréal, sur la rive sud du lac
Saint-Louis. Les Indiens mohawks qui y
habitent en 1756 vivent surtout de la pêche,
de la chasse, de la culture du maïs, des hari-
cots et du commerce des fourrures. Ils vont
fréquemment vendre leurs peaux aux
Anglais d'Albany, dans la colonie de New
York. À cette époque, plusieurs batailles
opposent Français, Anglais et Indiens dans
les forêts traversées par Jacou.

9. *Au dix-huitième siècle, les voyages en*
forêt sont longs, fatigants et dangereux. Il
faut marcher pendant des jours pour
franchir des distances qui nous paraissent
bien courtes aujourd'hui. Les voyageurs
transportent donc sur leur dos tout
l'équipement nécessaire pour survivre avec
quelques denrées non périssables : pois,
lard, pain, grains de maïs séchés qu'ils font
cuire dans un chaudron avec de la graisse
d'ours ou de chevreuil. Ils boivent l'eau des

lacs et des rivières, de même que du thé, et agrémentent leur menu du gibier qu'ils chassent en route. Les forêts que traversent Jacou sont remplies d'animaux de toutes sortes... même de serpents à sonnette, dans certaines régions.

10. *Après avoir élevé ses deux enfants, Marguerite d'Youville fonde la communauté des sœurs grises. À partir de 1747, elle dirige l'Hôpital Général de Montréal, qui héberge des anciens combattants, des personnes âgées, des orphelins, des malades mentaux, et qui dispense certains soins à la population. Les sœurs cultivent la terre, exécutent divers travaux et mendient pour subvenir à leurs besoins et à ceux de leurs patients pauvres. Elles sont toujours prêtes à aider les gens qui frappent à leur porte.*

Table des matières

L'auteur

Quand sa fille a entendu parler de la déportation des Acadiens, à l'école, Guy Dessureault a cherché un livre qui raconterait cet épisode tragique de l'histoire aux jeunes de son âge. Il n'en a pas trouvé. Aussi a-t-il décidé d'en écrire un… même si, entre-temps, sa fille a bien grandi.

Cela lui a permis d'apprendre plein de choses sur l'exil du peuple acadien, triste événement du passé que les livres d'histoire appellent le *Grand Dérangement*. Guy Dessureault écrit pour les jeunes depuis plusieurs années.

L'illustratrice

Daniela Zékina est une magicienne du crayon et de la couleur. Elle est née en Bulgarie, mais elle est capable de dessiner les enfants de tous les pays. Pour elle, illustrer un livre est une merveilleuse façon de voyager dans le temps et dans l'espace. Jacou lui a permis de comprendre une page dramatique de l'histoire du Canada, son pays d'adoption. Elle a fait de nombreuses recherches en bibliothèque pour reconstituer, avec le plus d'exactitude possible, le décor, les costumes et les personnages de cette époque.